श्री सत्य प्रकाश गुप्ता

(जफ़र कायमी)

(30th july 1947 - 19th june 1995)

सत्य प्रकाश गुप्ता

(जफ़र कायमी)

इनविन्सेबल पब्लिशर्स

कॉपीराइट पृष्ठ

भारत में वर्ष 2019 को सबसे पहली बार प्रकाशित

ISBN: 978-93-88333-80-1

इनविन्सेबल पब्लिशर्स

Printed in India by Excel Printers Pvt. Ltd.

रचनाकार परिचय

शायर श्री सत्य प्रकाश गुप्ता का जन्म 30 जुलाई, 1947 को उत्तर प्रदेश, जिला बागपत में हुआ था।

यथा नाम तथा गुण को शब्दशः चरितार्थ करते हुए श्री सत्य प्रकाश जी ने जीवन भर सत्य को ही अपना कर्म, धर्म और ध्येय समझा।

किसी भी कवि, लेखक या शायर को समझने के लिए पहले उसके जीवन को समझ लेना चाहिए। श्री सत्य प्रकाश के सौम्य व्यक्तित्व की झलक भर देख कर उनकी शायरी के ऊंचे स्तर का आसानी से अंदाज़ लगाया जा सकता है।

उत्तरी दिल्ली के ईस्ट पार्क रोड, करोल बाग स्थित विशाल जिंदल भवन आज भी साक्षी बना खड़ा है उस कहानी का जो शुरू हुई थी आज से लगभग अस्सी वर्ष पहले।

बागपत में व्यापार कर रहे पिता श्रीचंद गुप्ता के द्वितीय पुत्र बालक सत्य प्रकाश 3–4 वर्ष के रहे होंगे जब कि उनकी माता का देहान्त हो गया। यह आघात सभी के लिए मर्मान्तक था। पिता श्रीचंद, और उनकी चारों सन्तानें – विष्णु भगवान, सत्य प्रकाश, बृज मोहन और सबसे छोटी कन्या मोहिनी जो उस समय केवल २ या तीन माह की थी, इस दुःख से उभरने के लिए सपरिवार राजधानी आ गए और यहीं के हो कर रह गए।

पिता श्रीचंद का दूसरा विवाह कर दिया गया, किन्तु बालक सत्य प्रकाश के सरल हृदय को इस छोटी उम्र में जो आघात मिला था उससे वह कभी उभर नहीं पाए। यही दर्द उनके

दिल में था, जो उनकी कलम के माध्यम से उनकी शायरी में बह निकला,

गया है छोड़ कर तूफां में तन्हा
बचाया खूब दामन नाखुदा ने

छोटी उम्र में पाए माता के वियोग से दुखी, मातृ–प्रेम को तरसते इस कोमल ह्रदय ने अपनी कलम को अपना दर्द सौंप दिया,

चमन में हर कली सहमी हुई है
न जाने कह दिया है क्या सबा ने

शायर सत्य प्रकाश ने अपना उपनाम रखा 'ज़फर कायमी', ज़फर – अर्थात् जिसे जीता न जाए। सच तो है – उनके कलाम में एक सोज बेशक है, लेकिन एक जुझारू जस्बा भी दीख पड़ता है – न टूटने का, न हारने का, और न बिखरने का –

नहीं है अब मेरा कुछ वास्ता बहारों से
चमन से दूर नशेमन बना लिया मैंने
यही हौंसला उन्होंने जीवन भर निभाया भी,
और सिखाया भी।

रामजस स्कूल से अपनी वरिष्ठ माध्यमिक शिक्षा पूरी करने के बाद से ही उन्होंनें अपने पिता की गृहस्थी का सारा भार अपने कन्धों पर लेकर भाइयों को जिम्मेवारी से सर्वथा मुक्त कर दिया – यह संवेदनशील युवक अपने खुद के भविष्य से अधिक परिवार के वर्तमान के लिए सोच रहा था।

व्यापार के काम काज में फंसे रह कर भी उनका साहित्य सेवन चलता रहा। शायरी पढ़ना, कलाम कहना, उनका बदस्तूर जारी रहा। उनके ख़ास पसन्दीदा शायर या कवि थे बशीर बदर, साहिर लुधियानवी, अमृता प्रीतम, और गोपालदास नीरज। उन्हें किशोर कुमार की गायकी भी बहुत पसंद थी – दिल्ली में आयोजित किशोर कुमार नाइट्स वे जब भी बन पड़ता, सुनने जरूर जाते।

उनके कोमल दिल किन्तु गहरी समझ ने उनके व्यक्तित्व को एक ऐसा अंदाज दिया, जिसने आगे चलकर उनकी ही नहीं, उनके साथ चलने वालों की भी हर राह को रोशन किया। उन्होंने जो कदम रखा, मजबूती से रखा। जीवन के विभिन्न तूफानों से घिरे रह कर भी उनकी सोच हताश कभी नहीं हुई, बल्कि मंजिल दर मंजिल और पुख्ता होती चली गई जैसा कि उनके पसन्दीदा शायर बशीर बदर ने कहा है,

अगर फुर्सत मिले पानी की तहरीरों को पढ़ लेना
हर इक दरिया हजारों साल का अफसाना लिखता है

अपने सादगी भरे विचारों से अपनी जीवन धारा को दिशा देते हुए श्री सत्य प्रकाश जी ने अपने व्यक्तित्व का सौन्दर्य अपने शब्दों में बखूबी बिखेरा है,

मौत की हसरत को हमने बख्श दी यूँ ज़िन्दगी
अश्क़ जो आए थे आँखों में हम उनको पी गए

उनके कलाम ने लोगों के दिलों को छुआ, और शायर 'ज़फर कायमी' की शायरी उस जमाने के चर्चित उर्दू अख़बारों जैसे रोज़ाना प्रताप, हरियाणा तिलक, उर्दू तहरीर इत्यादि में बाकायदा छपने लगी। वहाँ से शायर की प्रसिद्धि और आगे बढ़ी, और शहर के प्रतिष्ठित मुशायरों में भी उन्हें बुलाया जाने

लगा। इसी दौरान उनकी कई जाने माने कलाकारों, शायरों और कवियों से मित्रता भी हुई, जो जीवन भर चली। इनमें एक नाम श्री सत्येन कप्पू का भी है।

और फिर एक और मोड़ आया – विवाह का। उनका विवाह हुआ श्रीमती लता गुप्ता से। कहते हैं न, कि जोड़ियाँ कहीं ऊपर बनाई जाती हैं... तो यह जोड़ी भी बस ठीक ऐसी ही थी। लता जी ने उनकी पूरक पत्नी के रूप में नहीं, सच्ची सहधर्मिणी के रूप में उनके जीवन में प्रवेश किया। दोनों एक प्राण, एक मन और एक ही जीवन के दो रूप बन कर साथ चले।

यहाँ से शुरू हुआ एक अलग ही सफ़र – सफ़र एक पति, पिता और समाज के सच्चे नागरिक का। अगर वो खुद सत्य थे, तो लता जी उनका प्रकाश थीं। सामाजिक जीवन के ऊँचे से ऊँचे मानदण्डों को निबाहना ही जैसे उन दोनों का पथ हो – वही एक राह हो, वही एक लक्ष्य हो। कितनी सरल सोच, और उतनी ही गंभीर समझ।

बहादुर शाह ज़फर का एक शेर है,

आदमी उसको न जानियेगा, हो वो कितना ही
साहब–ए–फ़हम–ओ–ज़का

जिसे ऐश में याद–ए–खुदा न रही, जिसे तैश में
खौफ–ए–खुदा न रहा

बस यही बात श्री सत्य प्रकाश और उनकी सहधर्मिणी लता जी के जीवन की सबसे अधिक कीमती उपलब्धि है। हाँ, इससे बढ़ कर अगर कुछ है तो वो यह कि उन्होंने तीनों अपनी संतानों में भी इसी सरल संज्ञान की अविरल धारा को अजस्र बहने दिया है।

ऐसा नहीं कि समाज की छल, फरेब और दगा जैसी बुराइयों ने उनका दामन कभी न छुआ – लोगों ने इन्हें उन पर भी बहुतेरा आजमाया। किन्तु वे तो किसी अलग ही मिट्टी के बने थे।

लूट लिया माली ने उपवन, लुटी न लेकिन गंध फूल की
तूफानों तक ने छेड़ा पर, खिड़की बन्द न हुई धूल की
नफरत गले लगाने वालों। सब पर धूल उड़ाने वालों,
कुछ मुखड़ों की नाराज़ी से दर्पण नहीं मरा करते हैं।

कवि गोपालदास नीरज की इन पंक्तियों को अक्षरशः सत्य करते हुए श्री सत्य प्रकाश और लता जी अपनी ही, निर्विवाद सत्य की धुन में डूबे जीवन की असल यात्रा करते रहे... निर्बाध, निष्कलंक, और निश्छल। उन्हीं के शब्दों में,

ख़ाक में सब मिल गए मंजिल के मंसूबे ज़फर,
राहज न आते गए और कारवाँ लुटता गया।

तो ऐसे थे शायर सत्य प्रकाश उर्फ़ ज़फर कायमी, जिनकी केवल कुछ रचनायें ही आज उपलब्ध हैं। यह पुस्तक एक प्रयास है समय की धूल में खो चुके ये फूल बीन कर इन्हें फिर से गुलदान में लगाने का, ताकि इनकी खुशबू सदा उनके पढ़ने वालों और चाहने वालों का जीवन महकाती रहे।

ये लफ्ज़ नहीं हैं, कतरे हैं आब–ए–हयात के... चख लो।
सुरूर में रात क्या – जिन्दगी न गुज़र जाए तो कहना।

– मनीषा विवेक गुप्ता

सविनय श्रद्धांजलि

श्रीमती नीरू गुप्ता

बहुत कुछ अनकहा, अनसुना है जो रह गया
मगर आईना हूँ तेरा तू मुझको यूं जुदा न समझ
हाथ ये हाथ में रहे न रहे
दस्तख़त है मेरा तहरीर का हरेक लफ्ज।

अपने पिता के नाम कुछ लिखने का यह मेरा पहला प्रयास है। वैसे तो कौन बयाँ कर सकता है उस जज्बे को जो अपने माता–पिता के प्रति हर दिल में होता है, फिर भी कोशिश करूँगी कि अपनी बात थोड़े से शब्दों में कह पाऊँ।

मुझे अपने पिताजी के बारे में कभी सोचना नहीं पड़ता – सोचा तो उसे जाए जो आँख से ओझल हो। मेरे माँ–पापा तो हमेशा मेरे साथ हैं, नज़र में, दिल में और सोच में भी। जब जब मैं घिरी हूँ, पापा की कोमल, संवेदनशील आँखें जैसे मुझे मेरा कर्तव्य पथ दिखा दिया करती हैं। ऐसी रोशनी हो, तो अन्धेरे रहें कहाँ।

उनके दिए संस्कार और सोच मेरी जीवन निधि है, और वही विरासत अपने बच्चों को सौंपना मेरी कोशिश है।

पापा के असीम लाड़, दुलार की छाया में हम भाई बहनों को उनके अनूठे, सरल और संतुलित व्यक्तित्व का सम्बल तो मिला – किन्तु उनकी शायरी से कभी परिचय नहीं हो सका। शायद इसलिए क्योंकि अपने जीवन का वह पन्ना वो बंद कर

चुके थे। गृहस्थी और उसके उत्तरदायित्व निभाने, बच्चों को अच्छा लालन पालन देने और अपने अन्य पारिवारिक कर्तव्य निभाने में ही उन्होंने अपने विवाहोपरान्त जीवन का सही लक्ष्य समझ लिया था।

आज सोचती हूँ तो लगता है कि धन्य हैं ऐसे कर्मठ पिता, जो अपनी व्यक्तिगत भावनाओं और इच्छाओं को दरकिनार कर कर्तव्य पथ पर आगे बढ़ने से कभी पीछे नहीं हटे।

अभ्यागत अतिथियों से हमारा घर हमेशा भरा रहता था। माँ अन्नपूर्णा की भान्ति सबके सत्कार में व्यस्त रहती, और पापा से कभी कुछ न कहतीं। बल्कि मुझे याद नहीं कि उन्होंने अपने जीवन में पापा से कभी कुछ माँगा भी हो – लगता है जैसे सदा कल्याणकारी शिव मेरे पिता थे, वैसी ही उनकी अर्धांगिनी मेरी पार्वती माँ।

आज कितना भी कहूँ, कम ही रहने वाला है। भाव सम्भालती हूँ तो शब्द कम पड़ जाते हैं, शब्द सोचूँ तो भाव।

पापा दिल से जीना जानते थे। उन्होंने अपने दिमाग को दिल पर हावी नहीं होने दिया – पर इसका अर्थ ये हरगिज नहीं कि वे समझ के कच्चे थे। अर्थ ये कि उनके भाव पक्ष के आगे उनका निजी फायदा या नुकसान कभी नहीं टिक सका – उन्होंने रिश्ते बनाए भी दिल से, और निभाए भी दिल से। खुद उन्हीं के शब्दों में,

साज़े दिल से है नहीं साज़ कोई भी दिलकश
दिल के तारों पे गज़ल हो तो कोई बात बने।

अपने महान पिता के कृतित्व के इन्हीं कुछ पन्नों को आप सब पाठकों के सामने रख रही हूँ इस भावना से कि उनके प्रति अपनी छोटी सी श्रद्धांजलि समर्पित कर सकूँ।

श्रीमती प्रीती (रेनू) गुप्ता

बचपन की हर याद सुहानी
तस्वीरों ने बुनी कहानी
वो आँगन वो गोद पिता की
भले हो गई बात पुरानी

कोई बात पुरानी हो जाए, भले कोई कहानी खो जाए लेकिन बचपन और उसकी मीठी याद नहीं भूलती। और मेरा बचपन? वो तो माँ–पापा का दिया एक ऐसा उर्वर परिवेश है जो जीवन भर हम तीनों भाई–बहनों को भीतर तक हरा भरा रखेगा। चाहे कैसा भी समय आए, अपने माँ–पापा के दिखाए रास्ते पर चलते हुए मेरे कदम कभी न लड़खड़ाएँ – बस इतना भर कर पाऊँ तो मैं समझूँगी कि मैंने उन्हें निराश नहीं किया।

कहना को यों तो बहुत है, पर पापा की सादगी भरी सोच का मेरे मन पर सबसे अधिक प्रभाव है। कैसे कर लेते थे वह – काँच के हजारों चमकीले टुकड़ों के बीच से भी सही राह को साफ़ देख पाना। चकाचौंध से भरी दिल्ली की रंगीन दुनिया से नितान्त अलग एक कोना था जैसे हमारा घर। यहाँ संस्कारों का मान तो था, लेकिन परम्परा की रूढ़ियाँ नहीं थीं। खिलने की आज़ादी तो थी, लेकिन निर्बंध नहीं थी। सम्मान था, अहंकार नहीं – सत्य था, दम्भ नहीं।

आप विश्वास करेंगे, उन दिनों लड़कियों को उतनी आजादी नहीं थी कि वे बिना कारण बताए घर से निकल सकें। मगर हमारे यहाँ हर बात पर सवाल नहीं पूछे जाते थे। मैं, या बड़ी बहन नीरू कहीं जाते तो हमसे पूछताछ नहीं की

जाती। हमें सम्भालने के लिए तो पापा की कही एक ही बात काफी थी – 'तुम मेरी बच्चियाँ नहीं मेरा गुरूर हो। जो करना चाहो वो करो, बस मेरे सफ़ेद बालों का ख्याल रखना।' पापा आज हमारे साथ नहीं हैं, पर उनके सफ़ेद बालों का ख्याल हमारे साथ सदा है और रहेगा।

सादगी में सम्पन्नता, संतोष में सफलता और सेवा में सहृदयता का वास कैसे होता है – पापा का जीवन इस सत्य की जीती जागती मिसाल था। और माँ थी उनकी शक्ति स्वरूपा पार्वती।

मुझे याद है पापा अक्सर कंघी सीधी नहीं करते थे – मैं उनके बाल ठीक से व्यवस्थित किया करती थी। माँ के बालों का उत्तरदायित्व बड़ी बहन नीरू का था। आशीष सबसे छोटा था, लेकिन मानो पापा और माँ का धैर्य ही भाई के रूप में हमें मिल गया था। ऐसे ही गाते, खेलते हम कब बड़े हो गए मालूम ही नहीं चला।

अस्तु, मीठे दिनों की भोली यादें तो मोती की लड़ी जैसी होती हैं – एक मोती उठाओ, दूसरा खुद उठ कर हाथ में आ जाता है। कितना भी कहा जाए, थोड़ा ही रहेगा।

पापा अचानक ही चले गए, लेकिन आज जब उनकी खूबसूरत शायरी इस पुस्तक के रूप में आँखों के सामने आई है तो लग रहा है जैसे वो कह रहे हों,

हमीं खुद लौट आते हैं जफ़र अब
बुलाते जब भी हैं गुज़रे ज़माने।

आशीष गुप्ता

अपने आदर्शों के मानदण्डों को आज मैं कितना ही परख लूँ, ऊँचाई में मेरे पिता के कद से छोटे ही पड़ेंगे।

सफ़र में धूप तो होगी जो चल सको तो चलो
सभी हैं भीड़ में तुम भी निकल सको तो चलो

(निदा फाज़ली)

ऐसे जानता हूँ मैं उन्हें।

मैं शायद छठी कक्षा में रहा हूँगा, जब से मेरा एक नित्य नियम था – स्कूल से घर आना और बैग रख कर तुरन्त पापा के पास दुकान पर चले जाना। मैं जाता, तो वे भोजन करते। मेरे लिए इस क्रम में कुछ भी उलट–फेर करने का मतलब था कि पापा खाना समय पर नहीं खायेंगे। अतः मैंने अपने जीवन का पहला अनुशासन यहीं पर सीख लिया।

अपना काम अपने हाथ – इस गुरुमंत्र को वे सदा लेकर चले, और मैं आज जहाँ कहीं भी पहुँच सका हूँ वो केवल उनके इसी मन्त्र के बल पर। पापा सच्चे कर्मयोगी थे – धर्म और संस्कृति के इसी पहलू पर उनका सबसे अधिक विश्वास था। उनका वह निस्वार्थ, निष्काम कर्मठ रूप आज भी मेरी आँखों के सामने रहता है और मुझे हर कदम सही दिशा में रखने की प्रेरणा देता है।

मेरे रोज दुकान पर जाने और रात में उनके साथ ही घर वापस आने के कारण हम तीनों भाई–बहनों में उनके साथ मैंने ही सबसे ज्यादा समय बिताया है। इसीलिए उनके बारे में एक

बात है जो शायद मेरी बहनें न जानती हों – उन्हें हस्त–रेखा ज्योतिष का अच्छा ज्ञान था। कभी कभी जब वे किसी को कुछ बताया करते, तो वह बहुत ही सटीक होता। हाँ ये और बात है कि वे ऐसा अक्सर नहीं करते थे, कारण, कि उन्हें कर्म करने में अधिक विश्वास था भाग्य पढ़ने में नहीं।

मुझे याद नहीं कि उन्होंने कभी काम से एक दिन की भी छुट्टी ली हो। पापा का व्रत था परिश्रम, सत्य, लगन, और सेवा। जहाँ तक उनसे बन पड़ता, वे सभी के लिए हर वक्त थे। फिर चाहे परिवार हो, नातेदार, मित्र या पड़ोसी वे सब के उतने ही अपने थे जितने कि हमारे।

पुस्तकों और पत्रिकाओं से लगाव होने के कारण उन्हें लगभग हर विषय में रूचि भी थी और अच्छा ज्ञान भी। पर मैं देखता था कि पापा अपना अर्जित ज्ञान बघारने के बजाय उसे अपने अन्दर समाहित कर लेने पर ज्यादा बल देते थे। सच कहूँ तो उनके इसी अंदाज ने मेरे मन पर सबसे गहरी छाप छोड़ी है। ज्ञान दिखावे का नहीं, व्यवहार का गुण है – आधी खाली गागर ही अधिक छलका करती है 'अधजल गगरी छलकत जाए।'

उनके एक और गुण से मैं बचपन से ही प्रभावित हुआ हूँ। वह था गलतियों को माफ़ करते जाना और आगे बढ़ते जाना। वे भूल को भूल पाने का मर्म समझते थे। ऐसे तो बहुत लोग कह देते हैं कि माफ किया मगर दिल में वहीं रुके बरसों सुलगते बैठे रहते हैं। पापा रुकने वालों या पीछे देखने वालों में से नहीं थे। उन्हें आगे देखना आता था।

मेरी समझ उनके जीवन दर्शन सामने तो नगण्य ही है, पर फिर भी मैं आशा करता हूँ कि उनके गुणों को किसी हद तक

अपने जीवन में उतार पाऊं। इतना कर सका तो यही मेरी ओर से उन्हें सच्ची श्रद्धांजलि होगी।

पुनश्च, नीरू दीदी के इस प्रयास के सहभागी के रूप में मैं यही कह सकता हूँ कि उनकी शायरी उनकी वो आवाज़ है जो हमें सुनाई नहीं दी थी – आज इस रूप में ही उनकी आवाज दोबारा हम तक आ रही है। मेरा एक बार फिर उनको और उनकी अनमोल रचनाओं को सादर नमन।

पराये हो गए सब तो यगाने,
कि उठे है मेरी हस्ती मिटाने।

न आए हैं न आएंगे जुबाँ पर,
सितम जो भी किये अहले वफ़ा ने।

लिखी तकदीर में है जब जुदाई,
तो क्यूँ जाएं किसी को हम मनाने।

गया है छोड़ कर तूफ़ा में तन्हा,
बचाया खूब दामन नाखुदा ने।

करें उफ़ भी न हम अपनी जुबां से,
हमें तुम क्या चले हो आजमाने।

चमन से हर कली सहमी हुई है
"न जाने कह दिया है क्या सबा ने",

हमीं खुद लौट आते है जफ़र अब,
बुलाते जब भी है गुजरे ज़माने।

रोज़ाना प्रताप

०९-०४-१९६८

शेर

मौत की हसरत को हमने बख्श दी यूँ जिंदगी,
अश्क़ जो आए थे आँखों में हम उनको पी गए

यगाने– अज़ीज़ , अहले वफ़ा– वफ़ादार,
सबा– सुबह की हवा, अश्क़– आँसू

१५-०४-१९६८

मुझे दिल में तुम ने उतारा तो होता,
मेरे प्यार को इक सहारा तो होता।

फ़साना मोहब्बत का लब पर भी आता,
ज़रा कुछ देर यूँ ही निहारा तो होता।

राहे इश्क़ में मेरे साथ होते,
तुम्हें भी कोई ग़म गवारा तो होता।

बुझाते न गर तुम चिरागे मुहब्बत,
शब–ए–हिज्र में कुछ सहारा तो होता।

क़दम दो क़दम खुद मेरे साथ चलकर
मेरी ज़िंदगी को सँवारा तो होता।

न दुश्वार–ए–राह तुम को डराती
जफ़र को बस पुकारा तो होता।

(हरियाणा तिलक उर्दू में छपी)

शेर

है इसीलिए तो मुझ से, मेरी बेकसी को निस्बत,
मुझे रास आ न जाएं, कहीं जिंदगी की राहें।

उसे जिंदगी से क्या वास्ता, ग़म–ओ–रन्ज जिसका
नसीब हो,
मुझे अब तो थाम ले ऐ क़ज़ा, मुझे कब से तेरी
तलाश थी।

फ़साना– कल्पना, शब–ए–हिज्र– जुदाई की रात,
दुश्वार–ए–राह– मुश्किल रास्ते, क़ज़ा– मौत

नज़र में अपनी जो तुम को बसा लिया मैंने,
बस इक रोग सा दिल को लगा लिया मैंने।

कशिश ग़मों की न मिट जाये इस ज़माने से,
ग़में जहां ब ख़ुशी ख़ुद उठा लिया मैनें।

जहां–जहां भी हुआ तेरी याद से गाफ़िल,
वहीं–वहीं पे नया दर्द पा लिया मैंने।

पलट–पलट के ग़मों को गले लगाता हूँ,
निशात–औ–ऐश से दामन छुड़ा लिया मैंने।

न मिल सका कोई हमदम जो जिंदगी में कहीं,
तुम्हारी याद को हमदम बना लिया मैंने।

नहीं है अब मेरा कुछ वास्ता बहारों से,
चमन से दूर नशेमन बना लिया मैंने।

तुम्हारे गम को भी मुझ से न छीन ले कोई,
तुम्हारे ग़म को हँसी में छुपा लिया मैंने।

असर है फैज़े निगाहें ज़माल का ये ज़फ़र,
कि इस मुक़ाम पे ख़ुद को जो पा लिया मैंने।

(Edukand April-1968)

शेर

खाक में सब मिल गए मंजिल के मंसूबे ज़फ़र,
राहजन आते गए और कारवाँ लुटता गया।

जिक्र जब दोस्तों का आएगा ,
आप ही का ख़याल आएगा ।

कशिश– आकर्षण, गाफ़िल– बेहोश, बेख.
बर, निशात–औ–ऐश– जीवन के सुख,
नशेमन–घोंसला, फैज़– फ़ायदा, मंसूबे– योजनाये

ये चंद शेर जुबाँ पर जो ला रहा हूँ मैं,
उन्हीं को उन का फ़साना सुना रहा हूँ मैं।

चमन के खारों से जो दिल लगा रहा हूँ मैं,
ख़िज़ां में जश्ने बहारां मना रहा हूँ मैं

मुझे बदलना है अब निजाम ए गुलशन को,
हर एक ख़ार को आला बना रहा हूँ मैं।

बहुत अँधेरी अभी जिंदगी की राहें हैं,
चिराग ए दाग ए मुहब्बत जला रहा हूँ मैं।

मैं रास्तों की मुसायब से क्यूँ डरूं रहक,
क़दम दर नक़्शे क़दम जब बढ़ा रहा हूँ मैं।

नहीं है मुझ को ज़रूरत जुबाँ से कहने की,
ये दिल का किस्सा है दिल से सुना रहा हूँ मैं।

नज़र बचा के जो सबकी, नज़र मिलाता हूँ,
नज़र की बात नज़र को बता रहा हूँ मैं।

ज़फ़र ये चश्मे करम ही न उन को ले डूबे,
जो इस कदर उन्हें नज़दीक पा रहा हूँ मैं।

शेर

इस नगरी की रीत यही है, मन के मीत न मिल पाएं,
आओ इस नगरी को छोड़ कर, नगरी अलग बसाएँ।

ख़िज़ां– पतझड़ का मौसम,

क़दम क़दम पे ये क्यूँ याद आ रहा है कोई,
बुझे चिरागों को फिर से जला रहा है कोई।

भड़क उठे है शरारे दबे हुए फिर से,
कि बेनक़ाब तसव्वुर में आ रहा है कोई।

किसी की फिर बनी आँखें घटाएँ सावन की,
तुम्हारी याद के फिर जख्म खा रहा है कोई।

नहीं गिला मुझे कुछ भी तबाही ए खुद का,
चलो किसी के तो घर को बसा रहा है कोई

सुब औ जाम को बलाए ताक रख दो अब
ज़फ़र को आज नज़र से पिला रहा है कोई।

शेर

फूंक आया हूँ नशेमन के हर इक तिनके को,
अब नशेमन की कोई बात उठाना न कभी।

न और दिल पे हमारे ये अब सितम करना,
हमारी याद में आँखें न अपनी नम करना।

दिल तेरे इंतजार में है डूबने को दोस्त,
आके मुझे उबार कि फिर आस कुछ नहीं।

देखा जो हुस्न आपका दोनों को क्या हुआ,
आंख और जुबाँ दोनों ही खामोश हो गए।

तस्सवुर– कल्पना, ज़फ़र– जीत,
नशेमन– घोंसला(नशा), सितम–जुल्म,
उबार– बचाव

चाँद तारों पे कोई ग़ज़ल हो तो कोई बात बने,
गुलज़ारों पे ग़ज़ल हो तो कोई बात बने।

अपने दामन में कहीं खिजाँ को जो छुपा कर लाएँ,
उन बहारों पे ग़ज़ल हो तो कोई बात बने।

साज़े दिल से है नहीं साज़ कोई भी दिलकश,
दिल के तारों पे गज़ल हो तो कोई बात बने।

गीत ग़म ही के फ़क़त गाने से क्या नग्मा गाएं,
गम के मारों पे ग़ज़ल हो तो कोई बात बने।

शेर

न तो आशियाने की है खबर,
न ही बिजलियों का मुझे है डर,
वो जो चार तिनके लगाए थे,
उन्हें कब का मैंने जला दिया।

ख़ानाए दिल में जो रौनक है इसी के दम से है,
इस लिए इक खास निस्बत बस तुम्हारे ग़म से है।

देखते रहते हो रात भर राहें,
अब ज़फ़र किस का इंतज़ार तुम्हें।

खिजाँ – पतझड़, फ़क़त – खत्म,
निस्बत – संबंध

ये जज्बातें मुहब्बत बस यहाँ तक साथ देते हैं,
कि नाले हिज्र के आहो फुगां तक साथ देते हैं।

भरोसा कुछ नहीं तेरी तरह ये भी बदल जाएँ,
चलो देखेंगे तेरे ग़म कहाँ तक साथ देते हैं।

हो ज़ाहिर किस तरह उन पर परीशाँ हाल ये
अपना,
मेरे अल्फ़ाज़ कब मेरी जुबाँ तक साथ देते हैं।

किसी से भी न दिल अपना लगाना इस ज़माने में,
जहाँ वाले तबाही के निशाँ तक साथ देते हैं।

यकीं कैसे करूँ ए दिल मुझे मिल जाएगी मंजिल,
मुझे मालूम है हमदम कहाँ तक साथ देते हैं।

बढ़ा जाता हूँ बे खौफ़ औ खता दुश्वार राहों से,
तेरे नक़्शे क़दम मुझको जहाँ तक साथ देते हैं।

हमारे ही नशेमन पर नज़र है बर्क की अब तो,
शरारे भी ज़फ़र को आशियाँ तक साथ देते हैं।

शेर

बढ़ तो चले है जानिबे मंजिल ए मीरे कारवाँ,
देखियो रहजन न हो फिर रहनुमा के भेष में।

दर्दो गम की कैद से खुद को छुड़ा सकता नहीं,
लाख चाहूँ मुस्कराना मुस्करा सकता नहीं।

दर्द सह लेता हूँ खुद आँसू भी पी लेता हूँ खुद,
मैं किसी को भी शरीके ग़म बना सकता नहीं।

हिज्र –जुदाई, बर्क– बिजली, शरारे– चिनगारी,
आहो फुगां – दर्द भरी आह

तुम तसव्वुर में जो आओ तो कोई बात बने,
सोये अरमान जगाओ तो कोई बात बने।

खुद निगाहों से पिलाओ तो कोई बात बने,
मेरी तकदीर बनाओ तो कोई बात बने।

साज़े उल्फ़त को उठाओ तो कोई बात बने,
किस्स-ए दर्द सुनाओ तो कोई बात बने।

रोशनी से अभी महरूम है दिल की दुनिया,
प्यार की शम्मा जलाओ तो कोई बात बने।

कब तलक इश्क़ की राहों में चलूँ मैं तन्हा,
तुम क़दम साथ मिलाओ तो कोई बात बने।

क्यूँ ज़माने की मुसायब से लड़ो तुम तन्हा
मुझ को हमराज बनाओ तो कोई बात बने।

तब मज़ा है किसी को भी पता तक न चले,
तुम ज़फ़र को यूँ मिटाओ तो कोई बात बने।

शेर

ये न पूछे कोई ज़फ़र हम से,
क्या मिला उन से दिल लगाने में।
जिन्दगी अपनी हो बेखौफ,
और रुसवा हुए ज़माने में।

होने भी दीजिये मेरे दिल पर सितम अभी,
बाकी दोस्तों मेरी आँखों में दम अभी है।
शिकवा न जिंदगी का न तन्हाई का गिला है,
देखने है मुझ को जमाने के गम अभी।

मैंने माना मैं तुम पे मरता हूँ,
दिल औ जाँ भी निसार करता हूँ।
शिद्दत ए मुझ को नहीं ज़माने का,
तेरी रुसवाई से मैं डरता हूँ।

शिद्दत ए ग़म से आज घबरा कर,
और कुछ जाम पी लिए मैनें।
बेखुदी में न तेरा नाम आए,
इसलिए लब ही सी लिए मैंने।

तसव्वुर – ख्याल, मुसायब – मुसीबत

किस ने ग़म ए हयात से परदा उठा दिया,
सोए तसव्वुरात को फिर से जगा दिया।

हस्ती को मेरी हाथों से अपने मिटा दिया,
मुझे को मेरी वफाओं का बदला ये क्या दिया।

ख़ुश हो रहा हूँ अपनी तबाही पे आज ख़ुद,
बर्के नज़र से मेरा नशेमन जला दिया।

रुसवाईयों के खौफ़ से तुम तो बदल गए,
हमने मगर जफ़ा का वफ़ा ही सिला दिया।

बख्शी हयात नग्मों को तेरे ही दर्द ने,
ग़म ने चलो ज़माने में जीना सिखा दिया

ये कौन आ गया है गुलिस्ताँ में ए ज़फ़र,
शाखों ने भी सहम के गुलों को झुका दिया।

बच के रहना जहान वालों से
हर तरफ़ से तुम्हें जो घेरे है,

भेष में दोस्तों के ए हमदम
राह में आज भी लुटेरे हैं।

जिनसे हम तुम गुजरते आए थे
अब तलक हैं उदास वो राहें,

रास आए तुझे नई दुनिया
ये दुआ देती है मेरी आहें।

क्या हुआ गर बदल गई मंजिल
दो घड़ी इन्तजार तो कर ले,
बैठ कर साए में तू यादों के
बीते लम्हों से प्यार तो कर ले।

बेसबब जिन्दगी की ख़ाक पर
लहू कुछ इस तरह बिखरे हैं।
जिस तरह मेरे दिल की दुनिया,
दर्दो ग़म और अलम के डेरे हैं।

बढते कदम
हरयाणा तिलक हिंदी रुचिका —अप्रैल—मई १६७३

शेर

बन गई दिल की जुबाँ अपनी नज़र,
जब उन्हें देखा मुक़ाबिल खो गए।

जफ़ा– ज़ुल्म, हयात– ज़िंदगी, अलम– शोक

चमका तुम्हारी याद का तारा कभी–कभी,
यूँ हम ने जिन्दगी को सँवारा कभी–कभी।

क्यों तेरे गमों की शिकायत करूँ नदीम,
देते हैं जब ये ग़म ही सहारा कभी–कभी।

ता उम्र रंजो ग़म तो रहे मेरे साथ साथ,
लेकिन ख़ुशी ने मुझ को पुकारा कभी कभी।

अश्कों से आँख तर थी मगर थी लब पर हसीं,
उल्फ़त में वक़्त यूँ भी गुज़ारा कभी–कभी।

नग्मों से कुछ कुछ अश्कों से इज़हार कर दिया,
यूँ बारे इलतेफ़ात उतारा कभी–कभी।

तुम ने ज़फ़र को ख़ुद ही उठा कर गिरा दिया,
गिरकर भी उस ने तुम को पुकारा कभी–कभी।

हम न जो बारे ग़म उठा पाए, कुछ न कुछ प्यार में कमी होगी,
अश्क़ आँखों में जो छलक आए, कुछ न कुछ प्यार में कमी होगी।

तुम से दामन वफ़ा का छूट गया, या परस्तिश में
की कमी हमने,
प्यार तुम करके अब जो पछताए, कुछ न कुछ
प्यार में कमी होगी।

प्रीत का दीपक न जो तुम मेरे जीवन में जलाती,
विश्व कहता क्यूँ दीवाना आँख क्यूँ आँसू बहाती।

मुझ अकिंचन को तुम ने बना दिया ये क्या बोलो,
हर नज़र अब देखकर है मुस्कराती डबडबाती।

शेर

दिल में छुपा लूँ तुमको निगाह ए ज़माने से,
बदली हुई है गर्दिश ए दुनिया की चाल ढाल।

नदीम– सखा,
बारे इल्तेफात – मेहरबानी का कर्ज,
परस्तिश – पूजा

ग़म जहाँ भर के मुझे वो दे गए जाते हुए,
जिंदगी गुज़रेगी अब तो अश्क़ बरसाते हुए।

दे रहा हूँ यूँ तसल्ली इस दिले नादान को,
ढंग जीने का तुझे आएगा ग़म खाते हुए।

लब मेरे खुलते नहीं उन की शिकायत के लिए,
राह में जो रह गए है मेरे साथ आते हुए।

दिल दीदार ए यार की ख़ातिर है कब से मुन्तज़िर,
रह गया है तू कहाँ ए नामवर आते हुए।

है यकीं मुझ को मुहब्बत रंग लाएगी ज़फ़र,
खुद तड़प उठेंगे वो भी मुझ को तड़पाते हुए।

(प्रताप :— १६ —०८—१६६८)

काश कोई भी तनिक सा प्यार देता,
जिंदगी सारी उसी पे वार देता।

सींचता में नेह मैं उसके हृदय को,
विश्व के नव नेह का उपहार देता।

सुख के अंकुर कभी तो फूलेंगे,
राह दुःख अपनी कभी तो भूलेंगे।

जिंदगी के उदास मोड़ों पर,
मिलन के गीत कभी तो सुन लेंगे।

शेर

या—रब ये उनको देख के अब क्या हुआ मुझे,
शिकवे तमाम उम्र के पल में निकल गए।

मुन्तजिर – इन्तजार में,
नामवर – प्रसिद्ध

आता है मुझ को याद ख़ुदा और ख़ुदा को मैं,
सुनता हूँ जब कहीं पे भी तेरी नवा को मैं।

दीवानगी को देख जरा रख जुनूँ को पास,
अब भी वफ़ा समझता हूँ तेरी जफ़ा को मैं।

मंजिल पे ला के लूटते हैं कारवाँ को खुद,
"खूब आज़मा चुका हूँ हर इक रहनुमा को मैं"

तू खूब कर ये जुल्म जफ़ाओं की मुझ पे चोट,
फिर भी गले लगाऊंगा अपनी वफ़ा को मैं।

लायी है किस मुक़ाम पे दीवानगी ज़फ़र,
अब ढूढँती है मुझ को क़ज़ा और क़ज़ा को मैं।

देखूं किन आँखों से अपनी आरजूओं का मैं क़त्ल,
बेबसी की जिंदगी से मौत ही अच्छी है दोस्त।

बन के बरबादी का समां जो तझे रुसवा करें,
हाय ऐसी बेखुदी से मौत ही अच्छी है दोस्त।

सलामत तू रहे दौर ए ख़िज़ाँ में भी मेरे हमदम,
न अब मेरे गुलिस्ताँ में कभी फसले बहार आए।

तू ग़म से आश्ना होने न पाए राह ए हस्ती पर,
शरारत से बचा कर मुझ से दामन अब खुशी
जाए।

शेर

दर्दो ग़म सोजिश–ख़लिश–आहो–फुगां,
हाँ! मेरे दिल की यही जागीर है।

रहनुमा– रहनुमा, सोजिश– जलन

जिन्हें दिल में अपने बसाए हुए हैं,
वही हम से दामन बचाए हुए हैं।

बहारें जो गुलशन में लाए सजाकर,
गुलों ने वही जख्म खाए हुए हैं।

खुद अपनी तबाही का समां बनेंगे,
जो रहजन को रहबर बनाए हुए हैं।

हमें क्या डराएगें जुल्मो सितम अब,
कि हम तो हर इक चोट खाए हुए हैं।

क़दम दर क़दम सबने धोखा दिया हैं,
सभी अहले दिल आजमाए हुए हैं।

ये किस्मत की बातें नहीं है तो क्या हैं,
जो अपने थे अब वो पराये हुए हैं।

उन्हें क्या मिलेगी बहारों की मंजिल,
जो खारों से दामन बचाए हुए हैं।

ज़फ़र अपनी निस्बत नहीं कुछ खुशी से,
कि हम दर्दो ग़म में समाए हुए हैं।

रूबाईयाँ

जुल्मत का निशाँ जड़ से मिटाना होगा,
गुलशन को बहारों से सजाना होगा।

खारों से है फूलों सी अक़ीदत मुझ को,
हर ख़ार को अब गुल बनाना होगा।

गिर कर भी मुहब्बत में संभलना चाहा,
नग्मात से दुनिया को बदलना चाहा।

दीवार खड़ी कर दी तेरी उल्फ़त ने,
जब भी ग़में जानॉ से निकलना चाहा।

मेरे गीतों पर छा जाओ,
तुम बिन सूने गीत पड़े हैं तुम बिन सूने गीत पड़े।

मेरे जीवन की लतिका पर केवल दुख मय फूल खिले,
पात–पात पर आँसू ओस कण और विपदा मय शूल खिले।

बन जाओ ऋतु राज हर्ष का, ताकि हृदय उद्यान सजे,
तुम बिन सूने गीत पड़े हैं तुम बिन...

चिन्ताओं ने स्वालिंगन में आज मुझे जो जकड़ लिया,
श्वास श्वास बन गया बोझ सा जीना भी अब कठिन हुआ।

अंत समय निज छवि दिखलाओ ताकि प्राण को शांति मिले
तुम बिन सूने गीत पड़े हैं तुम बिन...

मेरे जीवन की नौका को पार लगाने आ जाओ,
दुनिया के दुख दर्द जाल से मुझे छुड़ाने आ जाओ।

अब न सताओ आ भी जाओ विरह वेदना
तुम बिन सूने गीत पड़े हैं तुम बिन...

(हरयाणा तिलक)

शेर

कोई कोशिश न साज़ग़ार हुई,
जिन्दगी ग़म में हम किनार हुई।,

इश्क़ ज़ाहिर न कर सके लब ही
दिल में ख़्वाहिश तो बार–बार हुई।

जिंदगी तल्ख की बहारों नें,
जो जलाया हसीं नज़ारों ने।

पास आए न पुर फिज़ा मंजर,
हाँ सहारा दिया है खारों ने।

साज़ग़ार– अनुकूल, तल्ख– कड़वा,

बस यही बात जनता हूँ मैं,
आपको दिल से चाहता हूँ मैं।

आप कहते हैं तो बुरा हूँ मैं,
फिर भी बन्दा तो आपका हूँ मैं।

ज़िंदगी रास आ सकी न कभी,
जाने किस ख़ाक से बना हूँ मैं।

ये भी किस्मत की मेहरबानी है,
आज जो खुद से भी जुदा हूँ मैं।

क्या गिला आपको इनायत का,
जज्बए इश्क़ से खफ़ा हूँ मैं।

खुद को जिनके लिए मिटाया ज़फ़र,
उनकी नज़रों में बेवफा हूँ मैं।

शेर

आशा की चादर में लिपटी हर निराशा आई है,
हर खुशी ग़म को छुपा कर साथ अपने लाई है।

जिसने हमको दर्द बक्शे उसको हमने दी दुआ,
तब कहीं ये ज़िंदगी अब जिंदगी बन पाई है।

दिल की तस्कीं के लिए अपनी तसल्ली के लिए,
तेरी यादों को मैं ग़मख्वार समझ बैठा था।

इस लिए ले ली है सिर हँस के ये रुसवाई सनम,
ये वफ़ाओं का पुरस्कार समझ बैठा था।

गमख्वार – दर्द बांटने वाला

हुजूम ए ग़म में भी में मुस्करा के निकला हूँ,
हां एक दर्द को दिल में छुपा के निकला हूँ।

क़दम क़दम पे सभी नाग बन के डसते हैं,
हर एक दोस्त को खूब आज़मा के निकला हूँ।

न बिजलियों का लिया सिर पे कोई भी एहसान,
मैं ख़ुद ही अपना नशेमन जला के निकला हूँ।

फ़रेब जिन की निगाहों के मुझ को ले डूबे,
उन्हीं की याद को दिल में छुपा के निकला हूँ।

के है सिर्फ गुल ही नहीं ख़ार भी अफ़सुर्दा,
चमन के हाल पे आँसू बहा के निकला हूँ।

ज़फ़र ख़बर थी उन की निगाहें मुझ पर थी,
और उन की बज़्म से मैं सिर झुकाए निकला हूँ।

शेर

गर्दिश ए हालात की हर घात पर हँसता हूँ मैं,
जो रुला देते है उन ज़ज्बात पर हँसता हूँ मैं।

क्यूँ हिरासाँ मैं रहूँ क्यूँ आह औ ज़ारी मैं करूँ,
अब तो तन्हाई की हर इक रात पर हँसता हूँ मैं।

दोस्तों की दोस्ती बढ़ कर अदावत हो गई,
अब तो उनके जुल्म सहने की भी आदत हो गई।

मुस्करा देता हूँ अब तो उन की हर इक चोट पर,
उनको फिर भी मुस्कराने पर भी शिकायत हो गई।

नशेमन – घोंसला,
ख़ार– एक बहुत ही कठोर पत्थर,
हिरासाँ – हिरासत, अफसुर्दा – उदास,
बज्म – सभा, अदावत – दुश्मनी

हर किसी पर कुछ न कुछ इलज़ाम है,
हर कोई अहले जहाँ बदनाम है।

भर गए जो ज़िंदगी में तलखियाँ,
आज फिर लब पर उन्ही का नाम है।

छोड़ दो किश्ती ख़ुदा के आसरे,
नाख़ुदा से अब हमें क्या काम है।

देखना है हश्र क्या होता है अब,
आज फिर गर्दिश में अपना बाम है।

तेरी नजरों की हमें है जुस्तजू,
बाकी महफ़िल से हमें क्या काम है।

तुम गए, सब कुछ गया अच्छा हुआ,
जिंदगी को अब बहुत आराम है।

बन गई दीवानगी जब रहनुमा,
किस को फिक्रे गर्दिश ए अय्याम है।

जी रहा हूँ मौत का है इन्तजार,
जिन्दगी अब तो बराए नाम है।

अश्क़ पीना पी के चुप रहना ज़फ़र
हाँ मेरी किस्मत में ये ईनाम है।

शेर

इस ख़ानए दिल में मुद्दत से ऐसा ही होता आया है,
इक दर्द की मय्यैत उठती है इक दर्द जवाँ हो जाता है!

बस्ती ए दिल वो देख ले आकर,
उन की यादों के दम से रोशन है।

जुस्तजू – ख्वाहिश,
अय्याम – बहुत सा समय

जब भी मुझ को तू याद आया है,
जाने क्यूँ इक जुनूँ सा छाया है।

जब मेरे दिल में तू समाया है,
कौन कहता है तू पराया है।

उठ गई जिस तरफ़ मेरी नज़रें,
हर तरफ़ बस तुझी को पाया है।

तुम अलग कब हो इस ज़माने से
प्यार किस ने यहाँ निभाया है।

कौन समझे सिवा तेरे मुझे,
मैंने दामन जो यूँ बचाया है।

जिंदगी इस तरह गुजरी ज़फ़र,
अश्क़ पिए हैं ग़म उठाया है।

शेर

इस तरह मिल के यादे माज़ी से,
आरजू मन ही मन सिसकती है।

जैसे बाबुल के घर पे आई दुल्हन,
अपने बाबुल से जा लिपटती है।

अब हयात आएगी न रास कभी
भूल ऐसी हुई जवानी से,

मौत भी दूर भागती है अब
मेरी बदनाम जिन्दगानी से।

इस तरह तोड़ दो ये दिल भी तुम,
जैसे तोड़ा है रिश्त-ए उल्फ़त।

रस्मे दुनिया अदा किये जाओ,
दोस्तों का लहू पिए जाओ।

याद उनकी मिटे भले न मिटे,
जाम पर जाम बस पिए जाओ।

हम न शिकवा करेंगे तुम से कुछ,
तल्ख यादें हमें दिए जाओ।

खुद मिटा दो हर इक नक़्श अपना,
इक करम ये भी तो किये जाओ।

जितने तारे हैं उतने ही सूराख,
ऐसे दामन को क्या सीए जाओ।

खून ए दिल खून ए आरजू कर के,
कह रहे हो, ज़फ़र जिए जाओ।

शेर

महलों में पली इक दौलत के, कुछ ख्वाब गरीबो ने देखे,
वो ख्वाब कभी के टूट चुके, उन ख़्वाबों का अब जिक्र ही क्या।

ए जोशे जवानी की गलती, ये कैसा कमाल किया तूने,
शोहरत की हमें जो ख्वाहिश थी, उस शोहरत की अब फ़िक्र ही क्या।

दर्दो को ढाला अश्कों में, अश्कों से ढाले गीत नए,
है इसीलिये तो दिल का दर्पण, गीत मेरे ये ए हमदम।

तूने ही बख्शे दर्द मुझे, दर्दों के दम से है हस्ती,
करे तुझी को आज समर्पण, गीत मेरे ये ए हमदम।

शबे ग़म करवटें ये किसने बदली,
हैं अलसाई हुई तारों की पलकें।

छोड़ो भी अब वो गुजारी हुई जिंदगी की बात,
लम्हात ए पुर जूनून की वो बेखुदी की बात,

हर बात उन को लगती है जब दिल्लगी की बात,
क्या दोस्तों की बात हो, क्या दोस्ती की बात।

जब हर चिराग़ आपने ख़ुद ही बुझा दिया,
क्यूँ कर रहे हैं आप ही फिर रोशनी की बात,

मदहोश कर गई हों निगाहें तेरी जिसे,
उस की जुबाँ से क्या हो भला आगही की बात।

ख़ुद सरहद ए चमन ही से जब दूर आ गए
सैय्याद हम करें क्यूँ तेरी बेरुखी की बात।

मुहँ को तो सी लिया है मगर डर ये है ज़फ़र
आँसू ही कह न जाएं मेरी बेबसी की बात।

(प्रताप २३–०२–१९६९)

मेरे साए से भी अब तक जो दामन को बचाते है,
वही फिर क्यूँ मेरे ख्वाबों में अक्सर आते जाते हैं।

गुलों से क्या तआल्लुक हो मेरे उजड़े हुए दिल
का,
फ़क़त अब ख़ार ही मेरे दिले वीराँ को भाते हैं।

जताओ अब न तुम उल्फ़त बहाओ अब न तुम
आँसू
नहीं जोड़े से जुड़ते हैं जो धागे टूट जाते हैं

उन्हें मालूम क्या इस साज़े दिल पे क्या गुजरती है,
नए अंदाज़ से ये नग्मागर जो गीत गाते हैं।

हयात ए जां विदॉ से ए ज़फ़र उनको हैं क्या
निस्बत
फ़ना के बाद नक़्शे पा जो अपना छोड़ जाते हैं।

शेर

ए दोस्त तुझ से कुछ भी शिकायत नहीं हमें,
ज़ज्बा वफ़ा का जाने कहाँ तुझ से खो गया,

पुर पेच राहे इश्क़ पर मंजिल मिली सदा,
हमवार राह पर जो गया राही खो गया।

अरमान भी इस दिल के पूरे न निकल पाए,
आँखों से ज़फ़र अपनी आंसू भी न ढल पाए,

बेदर्द ज़माने ने दी हम को तड़प लेकिन।
हम ही न मगर अपनी तक़दीर बदल पाए।

कह लेने दीजिये मुझे दिल की हर एक बात,
क़िस्मत से मिल सकी हैं जो घड़ियाँ ये प्यार की।

निस्बत– लगाव,

छोड़ दिया है बीच डगर में, तुम ने प्यार इसलिए
किया था,
याद का भी अस्तित्व मिटा दूँ, दुःख का विष
इसलिए पिया था।

विष कैसा जिसने मुझ को, मदिरा की मादकता दी
है
दिल में उपजी शंकाओं को, कैसी स्वाभाविकता दी
है।

जीते हुए मरण देखा है, कौन सा मैंने पुण्य किया
था,
याद का भी अस्तित्व मिटा दूँ, दुःख का विष
इसलिए पिया था।

छोटी सी इक भूल मेरी मुझ को बर्बाद किये सोई
है,
विगत में जब भी मैं झांका हूँ, आँख मेरी पहरों रोई
है।

उस क्षण अन्तर्मन कह उठता था मन को साधु
व्यर्थ किया था
याद का भी अस्तित्व मिटा दूँ, दुःख का विष
इसलिए पिया था।

टूटे सपने झूटी आशा अब तक मेरे मन से खेले,
जर्जर नौका बिन पतवार कब तक तूफानों को झेले,

तोड़ के क्यूँ नाविक से नाता भाग्य भरोसे छोड़
दिया था,
याद का भी अस्तित्व मिटा दूँ, दुःख का विष
इसलिए पिया था।

शेर

सौ बार हम ने खाई ये कसमें ख़ुशी के साथ,
हरगिज़ न दोस्ती करेंगे अब किसी के साथ,

पी ली जो चार घूंट तो पीकर बहक गए,
अक्सर यूँ पेश आए हैं हम मैकशी के साथ।

कमी थी शायद हमीं में कुछ,जो चले गए वो बचा
के दामन,
वरना दिल तो उठा रहा था,ग़मे मुहब्बत
ख़ुशी–ख़ुशी से।

(हरयाणा तिलक)

नज़्म

ख्वाब की राख

आज फिर से छूटने को जब्त का दामन नदीम,
कब तलक रखूं जुबाँ को बन्द और चोटें सहूँ।

तू बता कब तक यूँ ही सीता रहूँ हर जख्म को,
कब तलक सहता रहूँ हर दर्द को आँसू पिए,

किस तरह भूलें जमाने के बता जुल्मो सितम,
इक तेरी उम्मीद का दीपक था वो भी बुझ गया,

हर तरफ है अब अँधेरा और मंजिल दूर है।
क्या करूं अब क्या करूं कुछ भी नज़र आता
नहीं।

कौन था दुनिया में मेरा हाँ फ़क़त तेरे सिवा,
किसकी मैंने आरजू की दुनिया में तेरे सिवा।

इस शब ए तन्हाई में किस के लिए किस के लिए
आस के दीपक जलाऊँ आज किस के वास्ते,
खैर क़िस्मत की है बातें क्या किसी से है गिला।

जाओ तुम और खुश रहो अल्लाह से मेरी दुआ
याद जब आए कभी आँसू न लाना आँख में

सोच लेना एक राही था जुदा जो हो गया।
मेरा क्या है फिर अकेला आज हूँ दुनिया में मैं

काट लूँगा जिस तरह भी कट सकेगी जिंदगी
याद जब आएगी उल्फ़त सोच लूँगा ख्वाब था।

वक़्त ने सांचे में ढाला फूंक डाला खुद जिसे
अब तो बाकी रह गई है राख ही उस ख्वाब की

अब कहीं ये राख ही छेड़े न जख्मों को मेरे
और फिर समॉ बने रुसवाई का तेरी नदीम,

ख़्वाब की बाक़ी बची इस राख को दिल से लगा
दूर हो जाऊँगा नज़रो से ज़मानें के नदीम।

(हरयाणा तिलक उर्दू में छपी)

दो घड़ी खुल के मुस्करा लेते,
जिंदगी का सुराग़ पा लेते।

इक क़दम और गर उठा लेते,
ज़ीस्त को जां विदॅा बना लेते।

आपका गर इशारा मिल जाता,
जिन्दगी जिन्दगी बना लेते।

गर भरम टूटता न उल्फ़त का,
आँधियों में दिया जला लेते।

गर ख़बर होती दोस्ती ये है,
दुश्मनों से तो हम निभा लेते।

यूँ हँसी उड़ती क्यूँ ज़माने में ,
उन से गर राज़ ए दिल छुपा लेते।

छोड़ते गर चलन ज़फ़र अपना,
आशियाँ और कहीं बना लेते।

(प्रताप ०६–०५–१६७५)
(राजधानी दर्शन ०७–०५–१६७५)

जीस्त – जीवन

अपने पाँव की ये जंजीर नहीं कटती है।
आज फिर सामने पाया है तुम्हीं को मैंने,

फिर से कुछ दबते हुए दर्द उभर आए हैं,
सोए अरमान मेरे जाग उठे हैं फिर से,

दिल को फिर चोट लगी जख्म नए पाए हैं।
मैं तसव्वुर में कभी तुझ को जो लाया अपने,

एक दुल्हन की तरह मुझ को नज़र तू आई,
दिल ए नाकाम ने अश्कों में डुबोया ख़ुद को,

बीती यादों की घटा दिल के फ़लक पे छाई।
जिन हसीं ख्वाबों के पहलू में खुली थी आंखें,

ज़ेहन पर जब भी कभी दर्द उभर आते हैं,
दिल से इक तड़प करके निकल जाती है,

अश्क़ आँखों से मेरी ख़ुद ही छलक जाते हैं।
सच ही हम को तो बताते थे ज़माने वाले,

आगे तक़दीर के तदबीर नहीं चलती है,
क्या करूं वक़्त के हाथों अभी मजबूर हूँ मैं,

अपने पाँव की ये जंजीर नहीं कटती है।
बस गया दर्द मेरे दिल के हर इक कोने में,

अब कभी गीत खुशी के मैं नहीं गा सकता,
हो गई है मेरी राहों से जुदा राहें तेरी,

अक्स भी तेरा तसव्वुर में नहीं ला सकता।
तू जहाँ भी रहे आबाद रहे शाद रहे,

तेरे सर पर न पड़े ग़म का कोई भी साया,
चंद यादें है तेरी और तराने हैं तेरे,

और अब सिर्फ़ तेरा ग़म है मेरा सरमाया।
तू नहीं है तो भला क्या है मेरे गीतों में,

मैं हूँ क्या और ये क्या फिर मेरा अफसाना है,
बुझ चुके हैं मेरी दुनिया—ए—मुहब्बत के चिराग,

ज़िंदगी मेरी तो टूटा हुआ पैमाना है।
मैं फ़क़त तेरे इशारे पे लुटा लूँ खुद को,

फिर फसानों में भी मैं तुझको नहीं लाऊंगा,
छोड़ कर ख्वाबो ख्यालात की दुनिया को ज़फ़र,
मैं कहीं दूर बहुत दूर चला जाऊँगा।

(सैनी समाज : दिसम्बर –१६७३)

शेर

खुशी के वास्ते उठेगी क्यूँ कलम मेरी,
ग़मों ने साथ सदा जब मेरा निभाया है,

हँसी ने मुझ को मुसल्सल फ़रेब बख्शे हैं,
हर एक गीत मेरे आँसुओं ने गाया है।

फ़क़त– खत्म, मुसल्सल – लगातार

याद गर आपको हम आएँगे,
ख़ुद को हम खुशनसीब पाएंगे।

क्या ख़बर थी कि इश्क़ में इक दिन,
ग़म को पलकों पे हम सजाएंगे।

दिल के हाथों ये बाज़ी हार गए,
समझे थे तुम को भूल जाएँगे।

अब किसी और को तलाश करो
दिल की बस्ती न हम बसाएंगे।

किसने सोचा था तेरे कूचे में,
ख़ुद को भी अजनबी सा पाएंगे।

ए ज़फ़र छा गई है ख़ामोशी,
चल तसव्वुर में उन को लाएँगे।

शेर

आज फिर दर्दो ग़म पे प्यार आया
आरज़ूएँ भी बेकरार हुई,

तू ख्यालों पे छा गई होगी,
आज आँखें जो अश्कबार हुई।

बारे दौलत हो जिन के काँधों पर,
बारे उल्फ़त को क्या उठाएँगे,

रोशनी अपने घर में कर न सके
मेरे घर को क्या जगमगाएँगे ।

(हिन्दी हरयाणा तिलक)

उजड़े हुए दयार बसाए न जा सके,
खुशियों के गीत हम से तो गाए ना जा सके।

सह लेंगे ये भी बात हजारों दफा कही,
दर्दो अलम के बोझ उठाए न जा सके।

तुम ने गिरा दिया ये तुम्हारी ही बात है
हम से तो तुम नज़र से गिराए न जा सके।

ता उम्र दिल ही दिल में घुटे और मर गए
हमराज भी वो अपने बनाए न जा सके।

चन्द अशआर

हम असीर ए ग़म रहे इसका तो कोई ग़म नहीं,
उन को रास आई खुशी बस ये खुशी की बात है।

क्या मुसर्रत हो कफ़स से छुटने की ए ज़फ़र,
जब न अपने बाल–औ–पर में कुअते परवाज है।

उभर आई है क्यूँ ख्वाहिश दिले नाकाम तस्कीं की,
अभी तो तेज तर ये गर्दिश ए अय्याम होनी है।

(भ्तलदं जपसां नतकनः २८–०८–१९७०)

दयार – इलाक़ा, मुसर्रत – खुशी, क़फ़स – कैद

“शायर और गले में पड़ा ढोल”

शायर मैं,
मैं शायर
नहीं–नहीं–नहीं
शायरी,
एक ढोल गले में,
पीटना जरुरी,
बगैर इसके काम नहीं चलता,
कभी लोग,
कभी मैं,
कोई न कोई पीट ही देता है,
तुम एक भावना,
इक प्रेरणा,
एक स्वप्न,
व्यथा
मेरी संचित पूँजी
लुटने की आशंकाएँ
कई साए ताक में,

स्वप्न तुम्हारा,
कलम मेरी
मजबूर और बेबस दोनों,
चुपचाप रात दिन रोना,
महफ़िल से दूर सोना
कुछ लोग जाने
कुछ अनजाने
मुझे और मेरी कलम को,
फिर से घसीट देते है
गले मे पड़ा ढोल
फिर से पीट देते हैं,
प्रशंसाओं के बीच
महफिलों के कोलाहल में,
घिरे हुए मुझ से
कोई कानों में फुसफुसाता है,
तुम शायर हो।

तेरी फुरक़त में आँखों से ये जितने अश्क़ ढलते हैं,
शब ए ग़म आस्मां पर तारे बन बन कर निकलते हैं।

ज़माने में हैं जो नाम ए वफ़ा को पालने वाले,
वफ़ा के नाम से ना आशना अक्सर निकलते हैं।

हुआ वीरान शहर ए दिल कि है सन्नाटा हर जानिब,
चिताओं पर बस अब तो कुछ मेरे अरमान जलते हैं।

मिटा देते निशान ए दिल ख़ुद अपने हाथ से लेकिन
न जाने कौन से गोशे में तेरे ग़म भी पलते हैं।

हमारा हौसला कम हो नहीं सकता थपेड़ों से,
भले हम आज भी हँस—हँस के तूफानों से मिलते हैं।

बयाँ कैसे करें उन पर ज़फ़र हम राज़े उल्फ़त को,
जुबाँ सी कर ही मिलते है हम उन से जब भी मिलते हैं।

धागे उल्फ़त के कोई तोड़ गया,
रिश्त-ए दर्द फिर से जोड़ गया,

(हिन्दी हरयाणा तिलक)

शेर

लड़खड़ाती जिंदगी को यूँ ही चलने दीजिये,
ढल रहे हैं अश्क़ जो उन को न ढलने दीजिये

एक दिन दर्द ए उल्फ़त भी संवर ही जाएगी,
दिल में उल्फ़त के अभी ग़म और पलने दीजिये।

जुनूं से ऐसी ही बख्शीश पाई जाती है,
खुद अपने हाथ से दुनिया मिटाई जाती है।

कहीं ऐसे भी उल्फ़त निभाई जाती है,
कि दिल तोड़ के हँसी भी उड़ाई जाती है।

रहे हयात की दुश्वारियाँ भुलाने को,
क़दम क़दम पे नई चोट खाई जाती है।

ये राह ए इश्क़ है, इस पर संभल के क्या चलना,
कि हर क़दम पे यहाँ मात खाई जाती है।

न दिल की बात ज़फ़र तुम जुबान पर लाना,
कहीं ये बात जुबाँ से बताई जाती है।

शेर

दुनिया में बहुत मज़बूर रहा,
रिश्ता दिल का नासूर रहा,

करवट ली लाख जमाने ने,
अपना तो वही दस्तूर रहा।

इतने धोखे दिए जमाने ने,
अपनी परछाई से भी डरता हूँ,

जिन्दगानी के तेज धारों में,
डूबता हूँ कभी उभरता हूँ।

(हरयाणा तिलक)

उल्फ़त– मुहब्बत, हयात– जिंदगी

गैर है या न आश्ना कोई,
किस जगह लेके आ गया कोई।

दिल का हर जख्म मुस्करा उठा,
यूँ तसव्वुर पे छा गया कोई।

हो चुके अब तो रुसवा दुनिया में,
ए जुनूँ और गुल खिला कोई।

बार जब जिंदगी ही हो जाए,
क्या करे जी के फिर भला कोई।

अपने हाथों डुबोई है किश्ती,
नाखुदा से हो क्या गिला कोई।

मात जब दे रही हो किस्मत ही,
क्या संभल कर चले भला कोई।

बेवफाई तो देख ली तेरी,
अब न रुख से नक़ाब उठा कोई।

बेबसी हर जुल्म सहकर भी,
लब सीए चुप खड़ा रहा कोई।

लुट गया प्यार का जहान ज़फ़र,
दूर से देखता रहा कोई।

(राजधानी दर्शन २५–०५–१९७५)

तसव्वुर – कल्पना

फिर न आने की बात,और हम से,
भूल जाने की बात, और हम से।

कत्ल कासिद का अपने हाथों से,
ख़त मँगाने की बात, और हम से।

एक मुद्दत हुई करम न हुआ,
अब बुलाने की बात, और हम से।

इश्क और वो भी आपको हम से,
किस फ़साने की बात, और हम से।

झूठी उल्फ़त को तेरी जान लिया
अब मनाने की बात, और हम से।

कौन बाँटेगा दर्द गीतों का,
क्यूँ सुनाने की बात, और हम से।

बादे तौबा शराब नौशी ज़फ़र,
लड़खड़ाने की बात, और हम से।

(विश्विधालय ०१–अप्रैल–१९७४)

(प्रताप २२–०४–१९७५)

क़ासिद– संदेशा ले जानेवाला

मुहब्बत में हर जख्म खाना पड़ेगा,
लबों को मगर मुस्कराना पड़ेगा।

ख़बर क्या थी जो आजमाएंगे हम को,
कि दिल से उन्हीं को भुलाना पड़ेगा।

बचाते न हम बिजली से आशियाँ को,
ख़बर होती ग़र ख़ुद जलाना पड़ेगा।

मुहब्बत की कितनी कड़ी हैं शरायत,
कि हर हाल में मुस्कराना पड़ेगा।

मुबारिक हो उन को ये दौर मसर्रत,
हमें साथ ग़म का निभाना पड़ेगा।

तसव्वुर में उन को न लाना ज़फ़र तुम,
वरना उन्हें ग़म उठाना पड़ेगा।

मसर्रत—प्रसन्नता

जिंदगी अपनी हर वस्तु से आज तलक बेमेल रही
है,
जो भी खा जाती है थपेड़ा हँस कर उसको झेल
रही है,
तूफानों से टकराती है खेल अनोखा खेल रही है।

ना जाने क्यूँ अपनी किश्ती तट के पास नहीं जाती
जिनके पास हमारे ग़म की...
चाहे उन के पास रहूँ या दूर हो खुद को तड़पाऊं,
चाहे निराशा को मैं वर लूँ या आशा को मैं
अपनाऊँ

मरघट में मैं डालूँ डेरा या महफ़िल पर मैं
छा जाऊँ,
जीवन की अब कोई धारा गीत नहीं उनका गाती,
जिन के पास हमारे ग़म की...

(विश्वविद्यालय ६–३१ फरवरी १९७४)

क़ैद में रह कर भी फिरते थे सदा आजाद से,
ऐसी उल्फ़त थी क़फ़स में हम को उस सैय्याद से,

आपने हम से किनारा कर लिया अच्छा किया,
आप ही फिर क्यूँ नज़र आते हैं अब नाशाद से।

आप से तर्के तआल्लुक को ज़माना हो गया,
आज भी है क्यूँ तआल्लुक आप ही की याद से।

जाते—जाते तोड़ दो अब अपनी उल्फ़त का भरम
अब ये पर्दा भी रहे क्यूँ इस दिल ए नाशाद से,

दास्ताँ पर उन के क्यूँ सर फोड़ता है ए ज़फ़र
जब नहीं हासिल हो कुछ आहो फुगाँ फ़रियाद से।

तुम को अपना बना के देख लिया,
दो घड़ी मुस्करा के देख लिया।

बारे ग़म भी उठा के देख लिया,
अपना सब कुछ लुटा देख लिया।

अब बला से मिटे मेरी हस्ती,
आप से दिल लगा के देख लिया

रोशनी से अँधेरा बेहतर है,
तुम ने घर मेरे आके देख लिया।

फूँकना पड़ता है बना कर ख़ुद,
लो नशेमन बना के देख लिया।

तुम ज़फ़र को भुलाओ तो जानूँ,
तुम ने सब कुछ भुला के देख लिया।

(रुचिका हिन्दी)

न जाने क्यूँ इसे अब तुम पे एतबार नहीं,
मुआफ़ करना मुझे दिल पे इख़्तयार नहीं।

वही ख़लिश वही पहला सा तेरा प्यार नहीं,
शब ए फ़िराक जो अब आँख अश्कबार नहीं।

बा शाख़ ए क़ल्ब हज़ारों हैं दर्द के कांटे,
कहूँ मैं कैसे चमन में मेरे बहार नहीं।

उन्हें जो पाया तो खोने की हसरतें जगी,
किसी तरह दिल ए नादाँ तुझे क़रार नहीं।

अभी तलक भी है ग़म क्यूँ पराए होने का
मेरी निगाह में तो तुम जफ़ा शुआर नहीं

जो भूले भटके गुज़रते हो उन के कूचे से,
ज़फ़र कहो तुम्हें क्या अब भी उन से प्यार नहीं।

सर ए बज़्म उन से निगाहों में जो कल बात हुई,
बाद मुद्दत के खुद अपने से मुलाकात हुई।

जब किसी शाम तेरी यादों के बादल छाए,
तब बड़ी देर तलक अश्कों की बरसात हुई।

कहीं मंजिल का निशॉ है न ठहरने का मुक़ाम,
राहरो सोच रहा है ये कहाँ रात हुई

सान्ह–ए–तर्के वफ़ा ज़ेहन में आया जिस रात
जाम–औ–मीना के सहारे वो बसर रात हुई।

कह गई हाले परेशां उन्हें मेरी सूरत,
जब जुबाँ से न अदा सूरत–ए–हालात हुई।

ग़म–औ–आलम शब–औ–ऱोज सहे कुछ न कहा,
तब कहीं जीस्त ज़फ़र हामिल–ए–आफ़ात हुई।

बज़्म – सभा

तर्के मुहब्बत

तुझ को शायद मेरी हर बात से नफ़रत होगी,
मेरे अश्पर मेरी ज़ात से नफ़रत होगी।

ये तबस्सुम ये तेरा रूप ये हाथों की हिना,
खून ए उल्फ़त ही के दम से तो ये सब निखरे हैं,

बाद इस तर्क ए मुहब्बत के किसे होगा यकीं,
हम भी इस राह ए मुहब्बत से कभी गुज़रे हैं।

मैंने माना कि मैं नफ़रत ही के काबिल हूँ अब,
पर तेरे जलवों की रानाई भुलाऊँ कैसे,

पड़ गए हैं जो मुहब्बत पे भरम के पर्दे,
अपने हाथों से वो पर्दे मैं हटाऊँ कैसे।

सिर झुकाए तेरे कूचे से गुज़र जाता हूँ,
जैसे गठरी हो मेरे सिर पे सजाओं की गिरी

तेरी चिलमन की तरफ़ उठती नहीं अब नज़रें
जैसे पलकों पे लगी कैद हो आहों की तेरी।

प्यार को नाम गुनाहों का दिया है तूने,
मेरी नज़रों में मेरा प्यार मेरी हस्ती है,

तल्ख़ यादों के घने पेड़ हैं हर बाम खड़े,
मेरा दिल ऐसी ही वीरान सी इक बस्ती है।

बस्ती ए दिल में मेरी एक वो मंदिर भी है,
जिस में रखी है तेरे प्यार की मूरत मैंने,

ऱोज अश्कों के दिए जलते है चढ़ते हैं फूल,
दी है ख़ुद ज़ख्मों ही को फूलों की सूरत मैंने।

जश्न ए उल्फ़त हो मुबारिक तुझे और राहें नई,
तेरी राहों में न हो ग़म का कोई भी साया,

इस जुदाई की तेरा ग़म है मुझे दिल से अज़ीज,
बस यही ग़म है मेरे प्यार का इक सरमाया।

जान से ज्यादा हैं प्यारे ये मुझे ए हमदम,
मैंने अशआर ही में ग़म को तेरे ढाला है,

एक ही लम्हे में तू छीनने आई है इन्हें,
मुद्दतों जिन को मेरे प्यार ने खुद पाला है।

भूल जाना इसे बस तेरी ही फ़ितरत होगी,
इतनी कम जर्फ़ तो बस तेरी ही चाहत होगी,

हाँ बहुत तल्ख़ तुझे तो ये हक़ीकत होगी,
मेरे अशआर मेरी ज़ात से नफ़रत होगी।

(सैनी समाज सितम्बर —१९७३)

शेर

रूप मे जिस दिन छल से मिल कर, सब सम्बन्ध
भुला डाले थे,
और हँसी ही हँसी में जिस दिन, प्रेम का तिरस्कार
किया था

ग़म की धूप में तपते तपते, भावनाओं में डूब डूब
कर
लुटे हुए इक पथिक ने उस दिन काव्य का
अंगीकार किया था।

तन्हा

तू चली आती है ख़्वाबों में मेरे यूँ अक्सर,
जैसे गुलशन में नया फूल कोई खिलता है,

अपने दामन में लिए होती है कुछ और भी ग़म,
जैसे फूलों से गले ख़ार कोई मिलता है।

इस भरी दुनिया में अपना न कोई दिखता है
दूर तक जा के नज़र लौट के फिर आती है

तेरी चाहत के फ़क़त एक इशारे पर ही,
मुझ को मिल जाते है अरमान मेरे खोये हुए।

खनखना उठती है यादों की तेरी चूड़ियाँ दोस्त,
जाग उठते हैं ये ज़ज्बात मेरे सोए हुए,

आ गए याद मुझे तल्ख ज़माने अक्सर,
कोई नज़रों से जो ग़मनाक फ़साना गुजरा,

वक़्त के हाथों से अब तक न गई है सुर्खी
मेरी उल्फ़त का किए खून जमाना गुज़रा,

अब कोई हर्फ ए शिकायत नहीं लब पर मेरे
तुझको हाथों से सजाने की मेरी ख्वाहिश है,

देख कर हाथ मेरे खुद ही सहम जाते है,
अब तलक ख़्वाब से ताबीर की कुछ रंजिश है।

फिर भी कायम है उम्मीदों पे ज़माना अब तक,
बस यही सोच के दुनिया में जिए जाता हूँ,

वक़्त आएगा सजाऊगाँ तझे हाथों से,
अपनी उल्फ़त को ये ताक़ीद किए जाता हूँ।

ताबीर – स्वप्न फल हर्फ – शब्द,

कल शरारत भी ज़माने की सताएगी तुझे,
दिल से आहों का गुबार न उठने देना,

लाख ग़म की चलें आँधी ये बुझाने के लिए,
दीप उल्फ़त का हमारी तू न बुझने देना।

आज बेड़ी ये ज़माने ने लगाई है जो,
काट कर इन को तेरे पास चला आऊँगा,

वायदा है कि मुहब्बत के हसीं नग़मे अब,
मैं फ़क़त तेरे लिए, तेरे लिए गाऊँगा।

देख ये ख्वाब मेरा टूट ही जाए न कहीं,
जिंदगी अब है यहीं, मेरे लिए, मेरे लिए,

देख मैं दूर जमाने से खड़ा हूँ तन्हा ,
मेरी मुहब्बत फ़क़त तेरे लिए, तेरे लिए।

शेर

उन को जो इंतेखाब कर बैठे,
जिन्दगानी खराब कर बैठे,

जब जफ़ाओं का कर सके न इलाज़,
खुद को ग़र्क़ ए शराब कर बैठे।

शाम को बादल कभी जो छा गए,
दिल को पीने के लिए उकसा गए।

आपकी आँखों में कुछ तो बात है,
उफ़! सुराही को पसीने आ गए।

जिंदगी का कौन सा ये मोड़ है,
काफ़िले यादों के तेरी आ गए।

दिल की धड़कन और मद्धम हो गई,
लोग चुपके से ये क्या बतला गए।

थी सुलझने को हमारी जिंदगी
आपके किस्से इसे उलझा गए।

इत्तेफाकन उठ गई मेरी नज़र,
आप अचानक किस लिए घबरा गए।

जिंदगी आवाज़ देकर रह गई,
और ज़फ़र चुपचाप वापिस आ गए।

शेर

तुझ को लोगों से छुपाए हैं ऐसे,
काले धन की तिजोरी हो जैसे।

भूलना उनको कोई आसान है,
बेवकूफ़ी ए दिले नादान है।

घर किये बैठी है दिल में उन की याद,
शाप है ये या कोई वरदान है ।

उनके ही दम से है अपनी जिंदगी,
अपने सिर उन का ये ही एहसान है।

है मुक़ाबिल रात दिन रंज—औ—फ़िरा,
जीस्त है या जंग का मैदान है

सिर छुपाने को ख़ुशी बेताब है,
ग़म के आने का ये इक इमकान है

जिससे कुछ कहते हुए भी डर लगे,
इश्क़ मेरे दिल का वो मेहमान है ।

एक अर्से बाद मिलकर यूँ लगा
आप से अपनी भी कुछ पहचान है।

नींव ही रक्खी ग़लत इसकी ज़फ़र
बस्ती ए दिल आज तक वीरान है ।

शेर

तू न आ पास ख्वाब में भी मेरे,
देख दुश्मन हैं घात में अब भी,

लोग कहते हैं बुदबुदाता हूँ,
सोते–सोते रात में अब भी।

जब ख्यालात तिलमिलाते हैं,
लफ्ज़ फरयाद करने लगते है,

शायरी के बहाने यूँ अक्सर,
हम तुम्हें याद करने लगते हैं।

ज़रा समझाओ ग़म के पाले को,
राह पर लाओ इस निराले को।

दर्द के तार रात दिन बुन कर,
ये कशिश दी है ग़म के पाले को।

किसको फुर्सत है आजकल इतनी,
दो घड़ी रोये जाने वाले को।

इस नई रोशनी की नागिन ने,
डस लिया पूर्वी उजाले को।

जो चराता था यादों को बन में,
ढूंढते है हम उस ग्वाले को।

आदमी की जहाँ पे पूजा हो,
उम्र भर ढूंढा उस शिवाले को।

जो मिटा दे हवस की भूख ज़फ़र
कौन खाएगा उस निवाले को।

आह–औ–फुगाँ का जब कोई उन पर असर नहीं,
जो उन के दर को जाए मेरी रह गुज़र नहीं।

क्यूँ आई है ख़ुशी दर–औ–दीवार चूमने,
कोई ये उससे कह दे कि मैं अपने घर नहीं।

है लाख दोस्ती से बेहतर तो ये दुश्मनी,
मुझ को जो ये दोस्त से है वो दुश्मनों से डर नहीं।

गर्दिश ज़माने की मुझे तो रास आ गई,
उन को जहान ए हुस्न की दौलत भी सर नहीं ।

माज़ी ने ली जो करवटें कल रात ज़ेहन में,
काटी कहाँ पे रात हमें कुछ ख़बर नहीं।

पैग़ाम साथ लाए कफ़स से रिहाई का,
अपने नसीब में कोई ऐसी सहर नहीं।

क्या देखता है नब्ज़ का मेरी तू डूबना
अब कोई भी इलाज़ मेरा चारागर नहीं।

यादे गुजिश्ता ने मेरा ये हाल कर दिया,
किस हाल में हूँ अब मुझे ये भी ख़बर नहीं।

गुजिश्ता — माज़ी

जीने का हक है क्या उसे दुनिया में मेरे दोस्त,
इस वक़्त जिस के पाँव के नीचे कब्र नहीं।

वो देते जा रहे हैं मुसलसल मुझे फ़रेब,
मैं मुस्करा रहा हूँ कि मुझ पर असर नहीं।

खुद अपने हाथों फूँक दिया आशियाँ ज़फ़र,
इन बिजलियों से कह दो मुझे इन का डर नहीं।

मौत की हसरत को हमने, बख्श दी जो जिंदगी,
अश्क़ जो आँखों में आए थे हम उन को पी गए।

है इसलिए तो मुझ से मेरी बेकसी को निस्बत,
मुझे रास आ न जाए कहीं जिंदगी की राहें।

उसे जिंदगी से क्या वास्ता रंजो ग़म जिसका नसीब
हो,
मुझे अब तो थाम ले ए कज़ा मुझे कब से तेरी
तलाश थी।

जिक्र जब दोस्तों का आएगा,
आप ही का ख़याल आएगा।

ख़ाक में सब मिल गए मंजिल के मंसूबे ज़फ़र
रहजन आते गए और कारवाँ लुटता गया।

निस्बत– मुक़ाबला, मुसलसल – लगातार